영화 포토에세이

상견니

想見你
Someday
or
One Day
你

일러두기

1. 이 책에 수록된 번역 대본으로는 영화 〈상견니〉의 오리지널 각본
   想見你《電影原創劇本書》(SOMEDAY OR ONE DAY FILM SCRIPT BOOK, 2023)를 사용했습니다.
2. 공개된 영화의 자막과는 상이할 수 있습니다.
3. 등장인물의 대사는 인물별 다른 색의 동그라미 기호로 구분했습니다.

영화 포토에세이

상견니 想見你

orangeD

등장인물

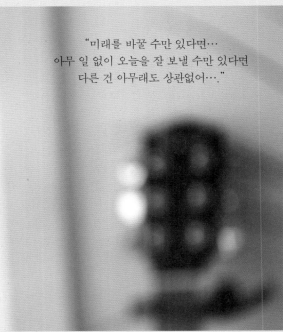

"미래를 바꿀 수만 있다면…
아무 일 없이 오늘을 잘 보낼 수만 있다면
다른 건 아무래도 상관없어…."

황위쉬안

黃雨萱 • 커자옌 분

- 1992년 출생
- IT회사 개발팀 프로덕트 매니저

2009년, 밀크티 가게에서 우연히 리쯔웨이와 재회한다.
같이 식사하는 자리에서 어린 시절 길을 잃은 자신을
할머니 집에 데려다 준 사람이 리쯔웨이라는 걸 알게 되고,
둘은 급속도로 가까워진다.
데이트를 이어 가던 두 사람은 2011년 새해를 맞으며
연인으로 발전하고, 2013년 동거를 시작한다.
2017년 황위쉬안이 상하이로 발령을 받으면서
동거 생활은 끝나지만, 굳건한 믿음을 보내는 리쯔웨이 덕분에
두 사람의 장거리 연애는 무탈한 듯 보였다.

하지만 언젠가부터 리쯔웨이에게서 아무런 답장이 오지 않는다.
어느 날 황위쉬안은 회사 책상 위에 놓인 의문의 우편물을 발견하고,
그 안에 담긴 카세트테이프를 듣게 되는데….

"걱정 마. 그냥 꿈일 뿐이잖아.
난 아무 데도 가지 않을 거야."

리쯔웨이

李子維 • 쉬광한 분

- 1981년 출생
- 인테리어 디자이너

우바이의 〈라스트 댄스〉에 이끌려 방문한 밀크티 가게에서
우연히 마주한 황위쉬안에게 첫눈에 반해 버린다.
이후 매일 같이 가게를 방문해 '당도 100%' 밀크티를
주문하기를 수 차례, 두 사람은 데이트를 이어 가면서
서로를 향한 호감을 확인하고 연애를 시작한다.

2014년 7월 8일, 천원루가 갑자기 작업실에 들이닥쳐
이틀 뒤 리쯔웨이에게 불미스러운 사고가 발생한다고 경고한다.
당장의 상황도 천원루의 말도 이해가 되지는 않지만
밑져야 본전이라는 생각에 하루 종일
자신을 감시하겠다는 천원루의 제안을 수용한다.

"나랑 콘서트 노래 같이 들을래?"

모쥔제

莫俊杰 · 스보위 분

- 1981년 출생
- 빙수 가게 사장

고등학교 졸업 후 타이베이로 가는 천원루를 배웅하며
자신의 마음을 드러내기 시작한다. 자주 만나러 가겠다고
천원루에게 다짐하지만, 약속을 지키기는 일은
생각처럼 쉽지 않다.

천원루와 함께 우바이 콘서트를 보기로 한 날,
하늘에선 모질게 비가 내렸고, 제시간에 맞춰 도착하지 못한다.
다음 날 천원루가 일하는 레코드점을 찾아가지만,
양하오와 부쩍 가까워진 천원루를 바라보며 말없이 발길을 돌린다.

이후 천원루와는 연락이 끊기고 만다.

천원루

陳韻如 · 커자옌 분

- 1981년 출생
- 출판사 편집자

1999년, 리쯔웨이, 모쳰제와 함께 고등학교를 졸업하고
타이베이에 있는 대학교에 진학하면서 타이난을 떠난다.
자신을 배웅한 모쳰제와 우바이 콘서트를 함께 보기로 약속하지만,
콘서트 당일, 약속한 시간이 지나도록 모쳰제는 나타나지 않는다.
그 순간 레코드점에서 만났던 양하오가 함께 보자며 다가온다.

2015년, 상하이에서 양하오와 우연히 재회한다.
둘은 연인 관계를 거쳐 평생 사랑할 것을 맹세하고 결혼한다.

행복한 미래를 그리던 시간도 잠시, 천원루는 불의의 사고로
언제 깨어날지 알 수 없는 깊은 혼수상태에 빠진다.

"곧 사라질 것을 움켜쥐려 애쓰는 건
얼마나 어리석은 일일까."

왕취안성

王詮胜 • 쉬광한 분

- 1992년 출생
- 대학생

학창 시절 따돌림을 당하며 어려운 시간을 보냈다.
이후 류위형을 만나 마음의 상처를 치유한다.

두 사람은 둘도 없는 사이로 발전하지만
운명은 왕취안성의 행복을 곱게 두지 않는다.
류위형이 병으로 사망하자 왕취안성은 이내 과거의
어두운 모습으로 회귀한다.

삶의 의욕을 상실한 왕취안성이
바다에 투신하려는 순간, 천원루가 그를 붙잡는다.

"언젠가는 이 세상이 달라졌으면 좋겠어."

REW ◀◀   PLAY ▶   FF ▶▶   STOP ■   REC ●

다른 선택도 없고
평행 우주도 없어.

오직 너뿐이야.

잊혀져 버릴 약속일지라도

사라져 버릴 기억일지라도

내가 할 수 있는 모든 걸 다해서

황위쉬안

네 곁으로 갈게

• 꿈에서 우린 아주 오래 알고 지낸 사이 같았어, 아주 오래 함께한 사이….

在夢裡，感覺我跟他好像已經認識了很久很久，在一起很久很久⋯⋯

• 버블티 한 잔 주세요. 당도는 100퍼센트, 얼음은 조금만요.

我要一杯珍奶，全糖微冰。

• 악몽을 꿨어. 정확히 기억은 안 나는데….
  꿈 속에서 네가 날 아주 꼭 안고 있었거든. 그런데 갑자기 사라져 버렸어….

  我做了一個惡夢。不太記得……
  我只記得在夢裡，你原本抱著我，抱得好緊好緊，可是忽然之間，你就不見了……

• 걱정 마. 그냥 꿈일 뿐이잖아. 난 아무 데도 가지 않을 거야.
  만약 또 악몽을 꾸면, 이렇게 나랑 손가락을 걸어. 그럼 그건 그냥 꿈인 거야.

  放心，那只是夢，我哪都不會去的。
  如果妳又做惡夢了，只要這樣勾著我的手，就表示那只是夢。

• 나 상하이로 발령 받을 것 같아. 짧으면 이 년 정도.

　我可能要調派到上海，至少兩年。

• 좋은 소식이네. 진작 얘기하지. 그럼 같이 축하할 수 있잖아.

　這聽起來是好消息啊，妳應該早點跟我說，我們今天可以一起慶祝。

• 나는 걱정하지 마, 네가 무슨 결정을 하든 난 언제나 네 편이라는 것만 알아줘.

妳不用顧慮我的感受，妳只要知道，不管妳做什麼決定，我都會支持妳。

• 만약, 보고 싶어지면 어떻게 하지?
　萬一，我想你了，該怎麼辦？

• 난 네가 보고 싶을 때면 언제나 이 노래를 들어. 이 노래가 널 만나게 해줬으니까.
　當我想妳的時候，我都會聽首歌，因為是這首歌，讓我遇見了妳……

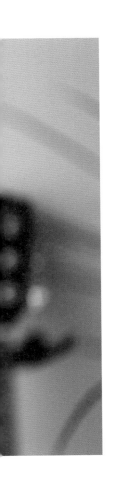

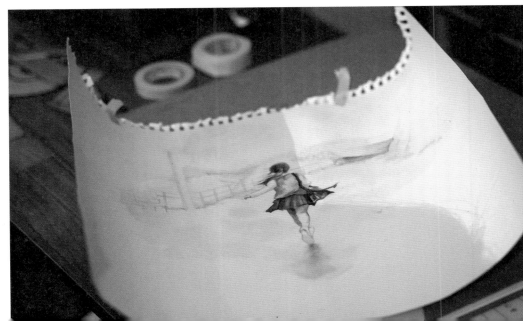

• 리쯔웨이… 아무리 애를 써도 결국에는 아무것도 바꿀 수 없는 걸까?

李子維……是不是，不管我們再怎麼努力，最後還是什麼都沒辦法改變？

• 위쉬안. 그렇지 않아. 아무것도 바꾸지 못한 건 아니야.
  적어도… 이렇게 얼굴을 보면서 마지막 인사는… 나눌 수 있잖아.

  雨萱，不是這樣的，我們並不是什麼都沒有改變，
  至少……我還可以親口跟妳說一聲……再見。

시공간이 얽히고

운명이 뒤섞여도

만나는 그 모든 순간

리
쯔
웨
이

나는 널 사랑할 거야

• 저기, 지금 나오는 노래, 제목이 뭐예요?

呃，請問，妳們現在店內放的音樂，是什麼歌啊？

• 우바이의 〈라스트 댄스〉요.

　是伍佰的〈Last Dance〉。

- 사실은 할 말이 있는데….

  其實我想說……

- 잠깐만요, 이따가 얘기해요.

  等一下，有什麼話等一下再說。

• ··· 그래요.
  ······好。

• 남자 친구랑 처음 맞는 새해라 놓치고 싶지 않아요.
  因為這是我跟我男朋友的第一個跨年，我不想要錯過。

• 미래를 바꿀 수만 있다면… 아무 일 없이 오늘을 잘 보낼 수만 있다면
다른 건 아무래도 상관없어….

只要能改變未來……只要他能平安度過這一天，
其他都不重要了……

••더 이상은 네가 이 고통을 반복하지 않게

我不想再讓你／妳反覆經歷這段痛苦……

••이 마지막 〈라스트 댄스〉를 듣고 나면,

聽完這最後一次〈Last Dance〉,

•• 내가 없는 세상에서

　　在那個沒有我的世界……

　　　　　　　　•• 잘 살아가기를 바랄 뿐이야.

　　　　　　　　希望你／妳能夠……好好地活下去。

붙박이별을 지키는 행성이 되어

한 번쯤은 용감하게
한 번쯤은 미친 듯이 달려가

너에게 묻고 싶어

모
젼
제

나와 함께해줄 수 있느냐고

• 타이베이 가면 연락해. 방학하면 보러 갈게.
　到台北聯絡我，我放假就上去找妳。

• 응. 그렇게. 잘 있어.

嗯，掰掰。

• 네 입에서는 내가 모르는 친구들 이야기가 늘어만 가는데,
난 그저 매일 같은 이야기만 반복하고 있어.

妳的話裡越來越常出現我沒聽過的朋友，
而我能告訴妳的，卻只有沒變化的每一天。

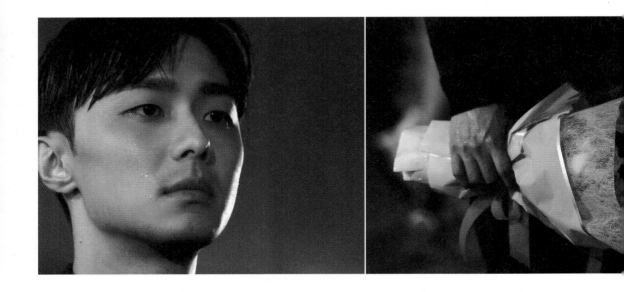

• 나중에 네가 일하는 레코드점에 갔는데,
  네가 친구랑 콘서트 이야기를 하고 있더라.
  너 혼자 간 게 아니라서 얼마나 다행이던지….

後來，我去妳打工的那間唱片行，
看見妳和朋友聊著演唱會的事。
我很開心，有人可以陪著妳……

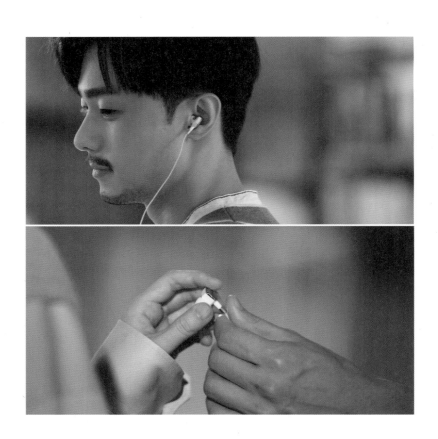

• 그럼… 나랑 콘서트 노래 같이 들을래?

那妳能……陪我聽一次演唱會嗎？

우주에서 가장 밝은 별이 되고 싶어

어둠은 또 다른 세상에 남겨둔 채

딱 한 번만 용감하게 사랑할 수 있기를

천원루

그저 딱 한 번만

• 내가 너의 그림자가 될 수 있을까?
   네가 벽에 기대는 순간과 땅에 눕는 순간, 나와 너의 등이 서로 맞닿을 수 있도록.
   햇살이 흩뿌려지는 그 어디에서나 항상 네 곁에 있을게.

我可以做你的影子嗎?
當你靠在牆上的時候,當你躺在地上的時候,讓我的背貼著你的背,
所有陽光灑下的地方,我就會在你身旁。

• 눈을 감으면 마지막 춤을 따라 황위쉬안이라는 세계로 떨어졌다.
  생긴 건 나와 같지만 전혀 다른 삶을 사는 세계로.

  閉上眼睛，隨著最後一支舞，我將落在名為黃雨萱的世界，
  一個跟我長得一模一樣，卻是不同人生的世界。

• 곧 사라질 것을 움켜쥐려 애쓰는 건 얼마나 어리석은 일일까.
꿈에서 깨어나도 작별 인사는 못 할 것 같아. 널 잊어버릴까 봐 네게서 눈을 뗄 수가 없어.

想要緊握住快要消失的東西，是多麼傻的事情。
就算從夢中醒來，還是捨不得說再見。為了怕自己忘記，我會一直凝望著你。

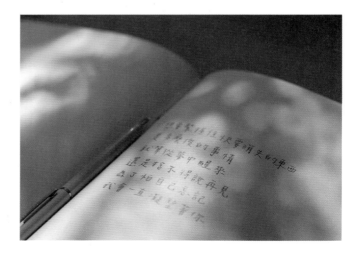

• Last Dance. One more chance.

• 천원루? 여기서 만나네요. 누구… 기다려요?

　陳韻如？好巧，妳也在這……在等人？

• 네.

　嗯。

- 비가 많이 와서 혹시 못 오는 건 아닐까요. 연락해 봤어요?
  실은 내 친구도 못 온다고 해서 표가 하나 남았거든요.
  아니면, 같이 들어 갈래요?

  雨這麼大，會不會不來了，妳有聯絡他嗎？
  其實我也等不到我朋友，我多了一張票，
  要不一起進去聽吧？

- 저는 조금 더 기다려 볼게요.

  我再等一下好了。

• '밥 먹었어?'를 상하이에서는 어떻게 말해요?
　你吃飯沒，用上海話怎麼說？

• 우후시눙.
　吾乎喜儂。

• 우후시눙…. 진짜 뜻은 뭐예요?
　吾乎喜儂……這是什麼意思啦？

• 당신을… 좋아해요.
　是……我喜歡妳。

• 우리가 이렇게 다시 만나 얼마나 기쁜지 몰라.
  이제부터 빈틈없이 행복하게 해줄게.
  나 더 열심히 살 거야. 그러니까 나랑 결혼해줘.

  我很高興緣分讓我們重新走在一起。
  從今往後，我會給妳滿滿的幸福，我也會為生活加倍努力，所以請妳嫁給我。

언젠간 세상이 달라졌으면 좋겠어

하지만 달라진 세상도 결국은 똑같아질까?

세상의 끝없는 소란 속에서

　　　　누군가가 네 곁을 조용히 지켜주기를

　　너의 다정함을 안아주기를

왕취안성

언젠가는 자신만의 세상을 찾게 되기를

• 언젠가는 이 세상이 달라졌으면 좋겠어.

　我只希望有一天，這個世界會變得不一樣。

- 같이 사진 찍자.

  我們來拍張照吧。

- … 그래.

  ……好啊。

• 아무리 힘들어도 그 친구만 있으면, 견딜 수 있었는데…. 이렇게 떠날 줄은 몰랐어….

　以前不管發生什麼困難，只要有他在，我就覺得可以撐過去。沒想到他也走了……

• 그 친구는 떠난 게 아니야. 네 마음 속에 그 친구가 있는 한… 여전히 함께인 거야.

他沒有離開。我相信……只要你心裡還有這個人，他就沒有離開。

• 미래를 바꾸면 과거도 바꿀 수 있어. 이번엔, 다를 거야.
  改變未來就會改變過去。這一次，會不一樣的。

비하인드 컷 · 후기

想見你　是我做過最美的夢
我很開心這個夢裡有了你

〈상견니〉는 제게 가장 아름다운 꿈이었습니다.
이 꿈 안에 당신이 있어 행복했어요.

三年時光　　不負相遇
謝謝你們　　如此愛戴
緣份有始　　也會有終
但沒關係　　一切都是
最好的安排.

3년의 시간, 의미 있는 만남이었습니다.
많이 사랑해주셔서 감사해요.
인연에 시작이 있다면 끝도 있겠죠.
하지만 괜찮습니다.
우리는 언제나 최고의 순간들을
살아가고 있으니까요.

去愛，去失去，要不負相遇。真的是最後了，
謝謝你(妳)們三年來的陪伴，能夠與
到彼此的人生也是緣份，且行且珍惜，

我們珍重 再見 ☺

사랑하고, 헤어져도, 만남이 헛되지 않게.
정말 마지막이네요.
지난 3년간 함께해주서서 감사합니다.
서로의 삶에 일부가 될 수 있었던 것도 인연이겠죠.
소중히 여기며 살겠습니다.
건강하세요, 안녕 :)

투자	황쉮 Shuo Huang、인샹진 Xiangjin Yin、
	장신왕 Wayne H. Chang、리제 Jerny Li、쉐성펀 Jason Hsueh
감독	황톈런 Tienjen Huang
총감독	린샤오첸 Gavin Lin、천즈한 Chihhan Chen
오리지널 스토리	젠치펑 Chifeng Chien、린신후이 Hsinhuei Lin
각본	뤼안셴 Hermes Lu、장빙위 Bingyu Zhang
프로듀서	마이팅 Phoebe Ma、자오웨 Jewel Zhao
공동 프로듀서	판진치 Midori Fan、양나 Na Yang

옮긴이 **김소희**

'차라'라는 필명을 가진 중국어 번역가. 시나리오 번역을 시작으로 번역에 입문했다. 다수의 한중 합작 드라마와 영화 대본을 번역하고 중국어 관련 도서를 여러 권 썼다. 현재는 출판 번역과 함께 번역 코칭을 겸하고 있다. 저서로는 『중국어 번역가로 산다는 것』 『마음의 문장들』 『네이티브는 쉬운 중국어로 말한다』 등이 있고, 옮긴 책으로 『세상이 몰래 널 사랑하고 있어』 『어서 와, 이런 정신과 의사는 처음이지?』 『어른을 위한 인생 수업』 등이 있다.

📷 인스타그램 @twinksoe

영화 포토에세이

상견니

초판 1쇄 인쇄 2023년 8월 7일
초판 1쇄 발행 2023년 8월 21일

지은이 싼펑제작·처쿠엔터테인먼트·완다픽처스
옮긴이 김소희
펴낸이 정은선

펴낸곳 ㈜오렌지디
출판등록 제2020-000013호
주소 서울특별시 강남구 선릉로 428
전화 02-6196-0380 | **팩스** 02-6499-0323

ISBN 979-11-7095-005-9 (03820)

※ 잘못 만들어진 책은 서점에서 바꿔드립니다.

www.oranged.co.kr